Nós somos uma correspondência

Fernanda de Mello Gentil

livro

desenho de capa
Nós, Carlos Contente

design
Rafael Bucker

revisão
Equipe Circuito

impressão
Singular Digital

site

design
Rafael Bucker e Andre Siggia

programação
Cinco

Dados Internacionais de Catalogação na Publicação (cip)
(Câmara Brasileira do Livro, SP, Brasil)

Gentil, Fernanda de Mello
Nós somos uma correspondência /
Fernanda de Mello Gentil
Rio de Janeiro: Editora Circuito, 2012.
isbn 978-85-64022-14-0
1. Ficção brasileira I. Título.
12-04572 cdd-869.93

Índices para catálogo sistemático:
1. Ficção: Literatura brasileira 869.93

Nós somos uma correspondência

fernanda de mello gentil

Circuito

sobre nós

Este livro surgiu graças a um projeto selecionado no edital de Produção Cultural para Internet da Funarte, a partir da proposta dc uma narrativa digital, uma novela, um romance escrito em forma de correspondência eletrônica, em tempo real, e formato de site. Agora que passa do digital para o papel, é preciso dar alguns avisos.

Primeiro, é uma história de amor contada através dos e-mails trocados por um casal, tal qual num romance epistolar. Mais do que passar da carta ao e-mail, a ideia era explorar as possibilidades do meio digital e incorporar elementos como músicas, vídeos e imagens do mundo virtual. Tudo está aqui, como referência, inclusive a música que tocava a cada semana formando a trilha sonora da narrativa.

Da mesma forma, permanecem as intervenções artísticas dos convidados que participaram do projeto, em forma de citação e link. A cada semana um artista convidado contribuiu com o romance enviando suas colaborações e sugestões relacionadas à semana. As últimas semanas receberam somente as minhas sugestões. No total, sete artistas participaram do livro. Agradeço imensamente a cada um deles.

Segundo, o romance, novela, livro-site (quem sabe?) foi escrito durante dez semanas, sempre de terça a sexta. O fato de precisar escrever quase diariamente, incorporando situações e notícias cotidianas e, ainda, "respondendo" às colaborações dos convidados, me impedia de exigir o mesmo tipo de rigor e dinâmica dos meus livros anteriores. Não teria como mudar várias vezes, revisar, deixar na gaveta e voltar ao texto depois, nada do que era familiar no meu trabalho de escrita literária. Enfim, era preciso abraçar o erro, incorporar os lapsos, os humores, explorar o improviso, acolher uma escrita momentânea e, de certo modo, performática.

A brincadeira era experimentar, jogar, inventar sem medo.

O desafio foi lançado e aceito. Eis.

primeira semana

trilha sonora
Cannonball, Damien Rice

TERÇA-FEIRA

exposição

Não sei se deveria te enviar e-mails, se preferir evitar, tudo bem, prometo que será o primeiro e o último. Entendo o quanto e-mails, facebooks e twitters da vida nos expõem mais do que gostaríamos. Conhecidos, até os "de vista", sabem coisas que a gente nunca contaria numa conversa normal entre conhecidos. Verdade que não somos conhecidos, mas a parte da exposição nos diz respeito. Caramba, do que estou falando? É o primeiro e-mail e já estou me sentindo um pouco ridículo. Vai saber o que me espera! Rsrsrs

O que interessa e precisava dizer é que adorei nosso encontro. Nunca pensei que uma exposição no CCBB seria uma surpresa tão boa!!! Na hora desconversei, agora admito que imaginei muitas vezes nós dois juntos, desde que começamos a tomar café no intervalo e depois do curso. Não gostei de ter sido tão rápido, eu e você correndo, pouco tempo. Será que podemos nos encontrar com mais calma? Uma tarde inteira é pedir muito? Quando quiser, qualquer dia, eu me ajeito no trabalho. Espero que aceite. Fico esperando marcar. Sugiro o mais breve possível.

Ah, recomendo que delete o e-mail, por precaução.

Beijos

P.

exposição

Gostei do e-mail, não tem problema nenhum, espero que mande muitos que serão devidamente deletados ao fim de cada leitura.

Também imaginei e fui a primeira a confessar. Faz tempo que aqueles nossos cafés não são tão inocentes. Sinceramente, apesar da vontade e da imaginação correr solta, não achei que fosse rolar nada. Foi só quando me chamou para o CCBB que comecei a desconfiar....ainda assim podia ser um passeio entre amigos, não? Claro que não.

Tem razão, foi rápido mesmo, e tínhamos falado de nos ver de novo. Achei que estava marcado. Se não estava, fica agora. Amanhã não dá, seria corrido também, e não podemos faltar o curso com trabalhos para apresentar, somos bons alunos! Que tal quinta?

Cá entre nós, às vezes, se sentir um "pouco ridículo" é indispensável.

Beijos

L.

com tempo

Quinta é perfeito, marcado! Pode deixar que daqui pra frente vai deletar muito. Tenho que ir, atrasado como sempre.

Beijos

P.

quarta-feira

Bolo de laranja

Passei em frente à padaria que gosta e comi seu bolo de laranja, pensei em ligar na hora. Reparou que durante a aula a gente se falou com mais distância do que o normal? Fico esperando me ligar amanhã às 10, alguma ideia de onde podemos ir?

Você estava linda hoje.

Beijos

P.

Bolo de laranja

Coma bolo de laranja por mim! Verdade, é estranho te ver no curso já que passamos a nos relacionar, digamos assim, em outros termos. Parece que qualquer olhar mais cúmplice vai nos denunciar. Não sei onde podemos ir, mas temos que começar a explorar os locais pouco frequentados da cidade. Por outro lado, não teremos tanto tempo, não dá pra ir longe.

Beijos

L.

QUARTA-FEIRA

Por mim teremos muito tempo. Consegui me livrar dos compromissos, só estou ocupado até 11. Depende de você.

Beijos

P.

quinta-feira

hoje

Foi muito bom te ver hoje. Não é verdade, foi mais do que "muito bom". Você não acha que tudo está acontecendo de maneira intensa e rápida? Ou é impressão minha? Não é normal!

Beijo

P.

hoje

Não é nada normal e estou adorando! Você está certo, intenso e muito bom, dá até para comparar com o 5 x 4 glorioso do Mengão... Ok, você venceu, não brinco mais. Aliás, sobre ser normal, sabe o versinho do Leminsky que te falei, está no *Distraídos, venceremos*, diz assim:

podem ficar com a realidade

esse baixo astral

em que tudo entra pelo cano

eu quero viver de verdade

eu fico com o cinema americano

Eu também!

Beijos

L.

iluminado

Adorei o versinho e, por falar em cinema, decidi rever *O Iluminado*. Você é uma das poucas pessoas que conheço que gosta de filmes de terror. E tudo bem, me rendo e concordo que o Kubrick é mestre. Queria ter visto o filme com você, seríamos como dois adolescentes que se abraçam na hora do susto. Já estou com saudades.

Beijos

P.

iluminado

Podemos rever sim, quando quiser, e o Kubrick é demais! Você tem mesmo muito o que aprender, meu jovem, sorte ter esbarrado comigo. Está combinado, como me "aproximei" de um rapaz mais novo, me manterei fiel à minha missão pedagógica. Também estou com saudades.

Mais beijos

L.

mamãe viu

Quanta pretensão! Só vou ver o filme que recomendou porque mamãe viu e gostou muito. Acho que vocês duas iam se dar bem…

Ah, nem tão mais novo. Exagerada.

Beijos

P.

lição

A sua mãe, como qualquer mãe zelosa, não pode gostar de mim porque ela espera uma mulher jovem, solteira, sem filhos e boazinha para o "filhinho querido". Agora você, comporte-se, ou vai ficar sem a próxima lição.

Beijos

L.

lição

Não faça uma coisa dessas, por favor! Falando sério, gosto de aprender, especialmente com uma professora com tantas qualidades. Ah, Isso foi um elogio, caso não tenha percebido. Rsrs. Agora quero ver você dizer que não elogio. Estou esperando ansiosamente pela próxima lição.

Beijos

P.

desencanto

Comentei que você não é de elogiar muito, de forma geral, não estava falando de mim, mas gostei. Elogios são realmente muito importantes. E não se preocupe com nada, ensinar é a minha especialidade. Fui professora, lembra? Por falar em filmaço, viu *Desencanto* do David Lean? Se não viu, tente alugar. É a história de um romance extraconjugal (mera semelhança...), acho que o primeiro do cinema. Começa e termina com a mesma cena, claro que no final entendemos a dramaticidade da cena, uma despedida. Ingênuo, romântico, sem sexo, com declaração de amor no segundo encontro, bem anos 40. Estranho, por que será que lembrei desse filme? Aiai.

Beijos

L.

elogio

Mais elogio, lá vai, mas vê se não acostuma. Gostei muito do texto que me mostrou, de verdade, não tinha falado sobre isso ainda, o início do seu primeiro (de muitos, tenho certeza) romance. Vou acabar me apaixonando só de ficar lendo.

Vou pegar o filme pra ver. Ou baixar.

Beijos

P.

Eu também. Tenho a impressão que vou me apaixonar por mim escrevendo pra você. Não sei direito o que você tem a ver com isso.

Agora, falando sério, tenho que parar por aqui. Até amanhã.

Também adorei nossa tarde.

Prevejo insônia essa noite.

Beijos

L.

sexta-feira

viagem

Tudo bem? Oh céus, as bolsas despencaram, o que fazer? Quem dera eu estar com cabeça pra pensar na bolsa, mas está longe... e em matéria de investimentos o que tenho é uma mini poupança, fraquinha, coitada.

Bem, como falei, viajo o final de semana, um sim outro não vamos para o sítio. Tem sempre coisa a fazer, casa dá um trabalho absurdo, dessa vez é o canil. E vc, vai tocar na festa? Quero muito te ver tocando, de verdade, na primeira chance eu vou, tá?

Vou te enviar o início do curta de animação que comentei, vi no Anima mundi de 2008 ou 2009, bonitinho, são 12 minutos, mando o início de 2 minutos para conhecer, foi o que encontrei.

Mudando de assunto, sabe que ouvi *Damien Rice* a semana inteira só porque falamos dele uma vez?

Bom final de semana!

Beijos

L.

Sugestão personagem – *Dji vou veu volti,* Benoît Féroumont
http://migre.me/9jPCT

viagem

Eu então? Nem investimentos, nem poupança fraquinha, nem dinheiro na conta, serve dívida?

Fiquei curioso para conhecer o sítio, pena que provavelmente não vou conhecer. Mostra umas fotos qualquer dia.

Vou tocar na festa, confirmaram, não sei direito qual é o esquema. Adoraria que me visse tocar, quando rolar um lugar legal te chamo. Vai desacompanhada, por favor, ou será tenso.

Vi o início do curta e agora? Tenho que encontrar o resto, 2 minutos não dá.

Por falar nisso, já que confessou que gosta de programas de concurso de canto e dança, mesmo os mais bregas, lembrei do teste de um garoto para um programa desses, acho que australiano, o menino surpreende. Dá uma olhada.

Também ouvi Damien Rice, especialmente *Cannonball* (tem a ver com o momento), e nem sou muito fã, você sabe.

Boa viagem! Volta logo!

Beijos, muitos, todos, P.

Sugestão personagem – *I have nothing* (Whitney Houston) Jack Vidgen (Australia's got talent)
http://migre.me/9jPJW

segunda semana

trilha sonora

Do I move you, Nina Simone

terça-feira

Fiz sexo pensando em você o tempo inteiro.

Em breve não vai precisar pensar, nem imaginar, vai estar me vendo e sentindo, carne e osso. Aleluia! Tudo certo amanhã?

Beijos,

P.

Sugestão Heleno – *Big Bang Big Boom,* Blue

http://migre.me/9jRDT

quarta

Os dias que antecedem quarta nada fazem além de marcar o tempo de espera. Segunda não teve a menor importância e terça vai passar correndo se tiver um pingo de vergonha.

Tudo certo.

Beijos

L.

animação

Paciência para nós. Lá vai uma animação de primeira para a terça passar mais rápido. Sei que vai gostar. É impressionante como a gente tenta se fazer presente o tempo todo, melhor dizendo, como eu quero me fazer presente pra você.

Kisss

P.

Bobo

De novo na rua, com um sorriso enorme no rosto, uma cara de bobo... como vou explicar essa cara? E se encontrar algum conhecido? Estou dando muita bandeira. Hahaha

Encontrei um fio de cabelo seu na minha camisa e achei lindo!

O seu cheiro continua em mim.

Posso ligar mais tarde?

P.

Boba

Também estou assim, sorrisão, cara de boba.

Veja o que achei:

Primeiro nós dois,

à tarde, nós dois,

depois outros, muitos outros,

por fim, eu.

Eu querendo ser nós dois.

Não acho uma boa ligar, à noite não posso falar direito. Amanhã ligo sem falta.

Kiss da sua L.

Colaboração – *Enquanto falo, As horas passam,* Heleno Bernardi

http://migre.me/9jVZP

Ok, sem problema. Bem que dizem que as mulheres são mais prudentes.

Fiquei com vontade de ter um colchão daquele, dois, um para você e outro para mim, será que é possível? Pra você que dorme de lado(pelo que contou, infelizmente nunca vi pra confirmar...) é perfeito.

Conversamos melhor depois.

Do seu,

P.

Mente

Primeiro, desculpe não ter retornado depois que caiu a ligação, não deu mais pra falar.

Antes de continuar, uma informação: Sabia que "amantes" devem falar mal das suas namoradas/esposas (não sei bem o que ela é... ah é verdade, vocês estão meio morando juntos, meio procurando apartamento para morarem juntos...)? Ou não fala nada, ou declara morrendo de raiva e desgosto que "ela não dá o menor tesão, é um saco, pentelha", mas não, o que eu tenho que escutar? Ela é legal, carinhosa, gosta tanto de mim. Mente, cacete, mente!

Sem beijo, sem vela, sem fita amarela

Mente

Olha a pirraça, ai, ai, ai! Até parece que fala mal do maridão. Vou deixar quieto. Sem comentários sobre cônjuges, prometo. Podemos fazer um programa completo na sexta, o que acha? Estarei livre e sei que você faz o próprio horário. Que tal almoço, cinema, sexo?

Melhor assim, evita conflitos, leia-se ciúmes. Adoraria, mas não podemos arriscar tanto. Sair não é seguro. Levo DVDs pra você escolher e pedimos o almoço, no apartamento do seu bendito amigo querido, existe coisa melhor do que amigo e serviço de entrega? Verdade que faço meu horário, mas estou atrasada, tenho uma tradução pra entregar segunda. Dessa vez, tudo bem, o problema é que não podemos acostumar, talvez a gente precise se contentar com menos.

QUINTA-FEIRA

Fico de saco cheio de não poder sair na rua, dos telefonemas rápidos e tudo mais, mas você está certa, *as usual*. Vou te esperar no mesmo horário. Você vem?

Vou, claro. Saudade.

QUINTA-FEIRA

London

O bicho está pegando! Fica com Londres musical, a que você quer ir, em breve.

Sugestão Heleno – *London London,* Cibelle & Devendra

http://migre.me/9k1PO

Lista

primeiro – urgências, intensidades

segundo – acontecimentos imponderáveis

terceiro – atos intempestivos

quarto – o destino, quem sabe, sou eu. Nós atados.

quinto – resta saltar

Até segunda.

Re: lista

Podemos escrever um livro juntos, seria uma parte boa, outra ruim.

Ainda bem que meu negócio é música.

Primeiro, segundo, terceiro… – Nós. Rock.

De novo fim de semana. Merda.

Até segunda.

beijos intermináveis

terceira semana

trilha sonora

Better off without a wife, Tom Waits

Solteiros e casados

Depois que conversamos sobre o assunto, lembrei dessa música do Tom Waits sobre as vantagens da vida de solteiro. Ele fala em não ter que dar satisfação quando sai nem quando chega, de ir pescar a hora que quer. Entendo meu querido Tom, de vez quando tudo que se quer é a sensação de desprendimento. Outra coisa que conheço bem é a vontade de ficar sozinha, especialmente para alguém como eu, que trabalha a maior parte do tempo em casa, é um desejo forte e mesmo uma necessidade. Tarefa difícil com a casa ocupada por marido, filhos e diarista. Apartamento grande ajuda. Por outro lado, confesso que adoro a vida de casal, programas a dois, filmes caseiros, jantar junto, essas coisas. Como dizia meu pai, não há melhor estado civil do que o do bem casado. Não estou recomendando que case, ein?! Já estar mal casado é foda! Não é o meu caso, apesar de alguns pesares.

Solteiros e casados

A minha namorada (combinamos de não citar nomes) fica aqui em casa quase todos os dias, mas não é exatamente vida de casado, ela ainda tem o apartamento que divide com a irmã, fora que volta e meia viajo. A convivência não chega a ser cansativa, não cai na rotina. Independente disso, ela quer casar e tenho dúvidas. Problemão. As dúvidas estão aumentando, por que será mesmo? No fundo, sou um romântico, levo o casamento a sério, sempre acreditei que casaria convicto, inteiro, com o coração aberto e uma certeza na cabeça. De repente tenho expectativas demais, sonho com o amor de uma canção. Sei lá.

Carta à D.

Existem muitas razões para duas pessoas ficarem juntas, e para continuarem. É importante que saiba quais são as suas. Existe um livro lindo intitulado *Carta à D.*, longa carta do filósofo André Gorz para sua mulher Dorine. Tinham mais de oitenta anos quando ele escreve esta carta de amor, pouco antes de morrerem, juntos, no dia 22 de setembro de 2007. Começa assim: "Você *está para fazer oitenta e dois anos. Encolheu seis centímetros, não pesa mais do que quarenta e cinco quilos e continua bela, graciosa e desejável. Já faz cinqüenta e oito anos que vivemos juntos, e eu amo você mais do que nunca. De novo, carrego no fundo do meu peito um vazio devorador que somente o calor do seu corpo contra o meu é capaz de preencher.*" Ao longo da carta, conta a história de amor entre eles, o encontro, a paixão, o "nada em comum, nem a língua", os vários impedimentos como, por exemplo, a família dele: "Eu *tinha lhe mandado uma carta, na qual descrevia Viena e a mentalidade da minha família, desejando que você nunca os encontrasse*" e depois *"Comuniquei à minha mãe nosso casamento, pedindo que nos mandasse os documentos necessários. Ela respondeu enviando-me uma análise grafológica segundo a qual eu e você tínhamos características incompatíveis".* Então declara: *"Eu era capaz de demonstrar que o amor é o fascínio recíproco de duas pessoas por aquilo que elas têm de menos dizível, de menos socializável, de refratário aos seus papéis e imagens delas mesmas, aos pertencimentos culturais. Nós podíamos descobrir quase tudo em comum porque a princípio não tínhamos quase nada. Bastava que eu consentisse em viver o que eu estava vivendo, em amar mais do que tudo o seu olhar, a sua voz, o seu jeito de habitar o seu corpo, para que todo o futuro se abrisse para nós."*

Um amor que se traduziu em pacto para a vida inteira. Raro, raro. Mas vamos pensar que eles também tiveram problemas e insatisfações, até traições cabeludas, quem sabe. Sejamos um pouco cínicos.

Gostaria de poder dizer algo parecido sobre o que sinto por "ela", mas está longe. Gosto dela, a gente se entende, é uma boa companhia. Não é o bastante? Será que querer mais não é, no fundo, querer demais, não é ilusão? De novo, sei lá.

Falando de você, não te entendo, as vezes parece hiper romântica, outra horas fria, debochada. Não consigo te analisar. Assusta.

Se for o bastante pra você, então é o bastante. Um poema sobre casamento etc, depois vamos parar com essa conversa que está me deixando nervosa.

AMOR, SEXO E CASAMENTO

O amor é a misteriosa, ambígua liberdade

pela qual vivemos; o sacrifício

e também a meta de todo desejo.

Por amor suportamos tudo,

por amor recomeçamos de novo.

Quando uma pessoa perde o amor

ela fica desesperada.

O sexo, embora pareça tanto,

não é nada. O casamento

é o fio da navalha, uma espécie de escada.

 Colaboração - *Amor, sexo casamento (poema),* Renato Rezende

Assusto, né?

TIGRESA

O poeta verdadeiro

morre todos os dias

em si mesmo.

Mas

um tigre

mesmo domesticado

é ainda um tigre

(Cuidado!)

 Colaboração - *Tigresa (desenho),* Renato Rezende

Skype

Falemos de coisas boas!!! Por exemplo, o skype, já usou para algo mais picante? Quer tentar?

Sim

Óbvio que quero!!! Mas amanhã a gente se encontra, né? Pessoalmente, ao vivo e a cores.

Sim

Sim, claro. Digo outro dia, quando a gente não puder se ver, aliás são muitos dias que não podemos...

Até amanhã, meu gostoso

QUARTA-FEIRA

Querido, fiquei de ligar, mas será impossível. Cheguei em casa e soube que minha mãe passou mal, está internada, acho que não é grave, estou indo pra lá. Adorei a tarde. Muitos beijos.

ok

Melhoras pra sua mãe. Dá notícias.

Também adorei, é cada vez melhor.

Então, dessa vez, sou eu que mando um poema. Beijos, sempre

O SONHO

Esta noite sonhei

que eu era minha amada

(aquela mulher brava

que não me quis).

Dentro do corpo dela

pleno de mim mesmo

me vi no espelho

e amei o corpo que tinha

(mais do que ela jamais

amou ou amaria).

Vesti-me com esmero

feliz, por ir ao encontro

de mim, que era eu mesmo

e que mais bonito

e possível do que pensava

descia uma escada, tímido.

Para sua surpresa, lhe puxei

com um raro brilho nos olhos,

para um canto, e lhe disse

que o amava, e entre beijos e lágrimas

nunca amei ninguém tanto.

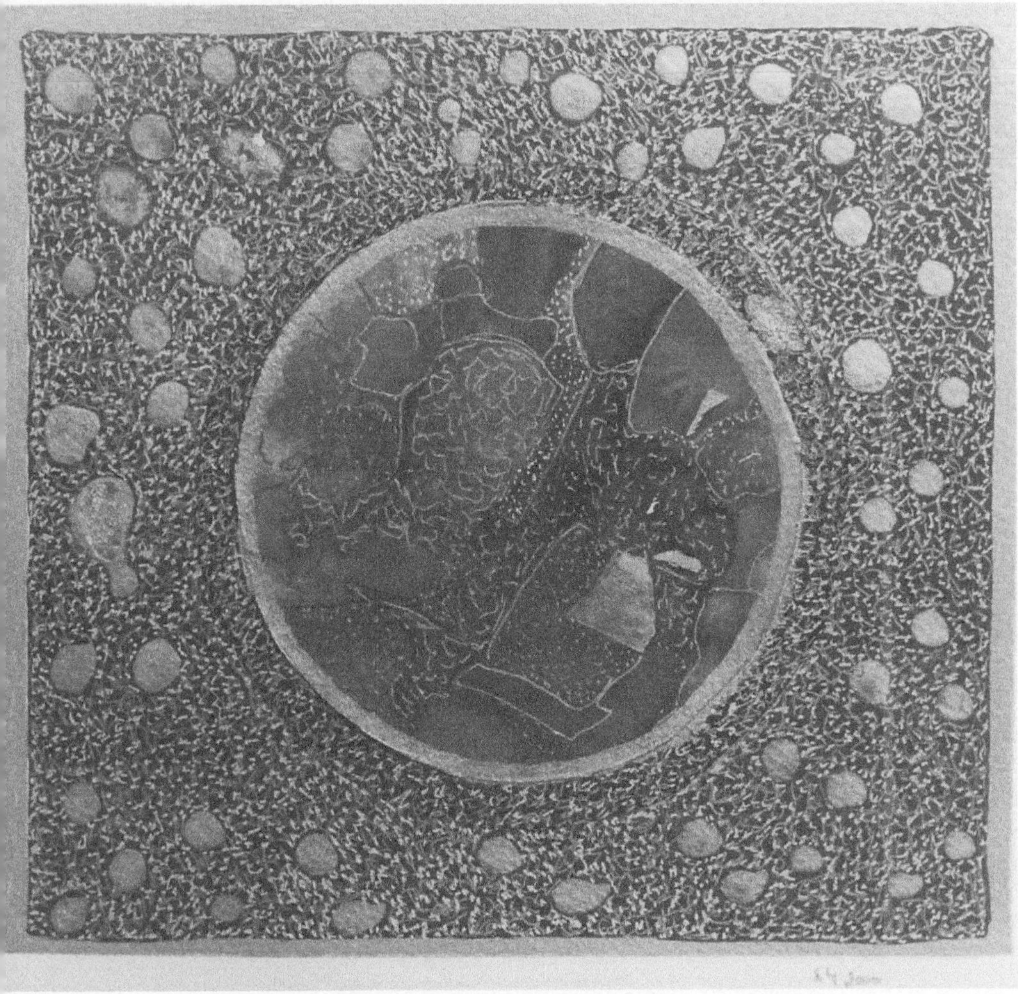

Colaboração - *Sonho (desenho),* Renato Rezende

invenção

Tenho a mania de me expor demais quando escrevo, saio dizendo coisas, cometendo gafes. A sorte é que se trata de um inconveniente sem rosto. Se eu exagerar, releve, esqueça. Dessa vez (não sempre, prometo) preciso ser honesta e peço que faça o mesmo. Claro que esse início é um rodeio, uma tentativa de não jogar o assunto de forma brusca.

O problema é que acho (às vezes) que fui eu que criei essa história (não sei que nome dar) entre nós. Inventei e você embarcou. Quase inconsciente. Por acaso. Eu me sinto na obrigação de dizer que pode desembarcar a hora que quiser. Senti que estava seco ontem no telefone, pedi pra me passar um e-mail e me falou que não teve tempo. Tudo bem, eu também não tive com o problema da minha mãe, não estou te cobrando nada. Ao contrário, quero que fique tranqüilo. Sério, eu te chamei pra sair, eu falo e mostro o meu desejo e a minha saudade. Eu quero! E você, sabe mesmo o que está fazendo? Acontece da gente se meter numa situação e não saber como sair, até relutar por motivos variados. Claro que dirá que sai comigo porque quer. Sim, é verdade, ninguém obriga, mas tem momentos que a gente é "levado" e de repente se pergunta "como vim parar aqui?". É verdade que estou dramatizando. O ponto é que não existe compromisso nenhum, sinta-se à vontade, inclusive pra pensar se quer continuar e se vale a pena. Qualquer "a gente se vê", sem telefonema depois, dá conta do recado.

Beijos

L.

invenção

Primeiro, você pode se expor sempre que quiser. Segundo, sei muito bem com quem estou lidando. Terceiro, não sou nenhuma criança pra não ter consciência do que estou fazendo. Preciso te lembrar que fui eu que liguei no dia seguinte do CCBB, fui eu que passei um e-mail logo depois, fui eu que sugeri o próximo encontro e o outro e outro? Você acha que a tarde que passamos juntos seria possível se não houvesse desejo? Você faz questão de me tratar como se eu fosse um garoto, parece que está se esforçando pra não levar a sério o que está acontecendo, seja o que for, tenha o nome que tiver. Ontem falei rápido porque tinha gente do trabalho perto e não passei e-mail porque sabia que estaria no hospital e que dormiria com a sua mãe, não queria encher o saco! Não se preocupe, quando eu não quiser mais será muito claro. Por enquanto eu também quero! Não dá pra perceber?

Beijos

P.

invenção

Desculpe, não era pra se sentir ofendido. Foi bobagem minha. Tenho andado muito insegura e não costumo ser assim. Estou num momento de fragilidade, como sabe. Expliquei meus motivos, conversamos. De repente acabo atropelando sem querer, por falta de habilidade. Vou conter os rompantes de carência, prometo. Tudo que eu precisava era ouvir isso: eu também quero! Gosto muito de estar com você e bateu um pouquinho de medo. Já passou.Bom final de semana! Dias melhores para nós.

Saudades.

Beijos

L.

Fica tranqüila, linda. Está tudo ótimo. Será ainda melhor e melhor.

Saudades.

Vou sonhar com você.

Beijos, P.

quarta semana

trilha sonora

Whos gonna save my soul, Gnarls Barkley

to do

Falamos tanto no telefone sobre compromissos, pressa, pendências, coisas a fazer... bem atrás, como um mantra, a frase da palestra ecoando *there's so much to do!* Precisava mandar esse trecho do livro que estou traduzindo, eu me identifico com o personagem, embora seja homem. Querido, não adianta surtar, se exigir demais, ou ficaremos apenas martelando mal-estar. Quantas vezes me perguntei: será que só eu fracasso diariamente? No, no, no, não mais. Aí vai.

Tenho uma boa notícia, quarta é amanhã! :)

"*Costumo me espreguiçar todos os dias de maneira mais consciente do que se poderia esperar de um homem semi acordado. Na verdade, sigo durante a manhã um ritual cuidadosamente cultivado, como se fosse uma disciplina.*

Quando sou obrigado a mudar os hábitos por alguma razão alheia, um horário a cumprir, por exemplo, sinto que estou em falta com meu corpo e tento compensar de alguma maneira, aumentando a porção no almoço, bebendo uma taça de vinho, ficando mais tempo no chuveiro, vendo televisão até tarde ou deixando de atender a certos telefonemas. O êxito das compensações depende de uma equivalência difícil de descrever, trata-se de um sistema composto de pequenos prazeres, o principal deles sendo a contemplação, ou talvez, diriam alguns, o ócio.

A verdade é que evito ter várias tarefas no mesmo dia, acho mesmo insuportável seguir uma agenda cheia de compromissos. Não poderia estar mais distante do homem que exibe as suas ocupações como troféus, tal como se estivéssemos numa competição entre exaustos. Quem ganha é quem indiscutivelmente "não tem tempo para nada" e espera que seu desgaste seja recompensado em algum momento por vir; quando o próximo colapso, quando o ataque de nervos?

Devo confessar que esta minha necessidade de pausas, vírgulas entre atos, não é a consequência de uma filosofia. Seria incapaz de colocar em prática um pensamento apenas porque parece correto. Uma ou outra vez, feito um deslize, faço aquilo que a consciência manda, nas outras apenas me submeto aos desejos.

Simplesmente preciso de períodos inertes, momentos quase subterrâneos, ao mesmo tempo tão prosaicos que podem parecer um acúmulo de miudezas, algo como ouvir uma conversa na fila do banco ou levar quarenta minutos para escrever um cartão de natal para a balconista da padaria, jovem que encontro diariamente e que merece, sem dúvida, as palavras certas, ainda que não passem de dez."

Trecho extraído do romance "Vertigens" de Fernanda Mello Gentil

Re: to do

Também me identifiquei, esse cara poderia ser eu, tem um outro trecho dele, é o que me preocupa! Fora a ejaculação precoce, disso estou livre. Ufa!

"Cada vez mais é preciso ser um homem de ação, produtivo, justamente isso, produtivo. Devemos ser produtivos, eficientes, rápidos, bem sucedidos, bem remunerados, subindo de cargo, levantando mais peso. Como se não bastasse, precisamos ser pacientes com as crianças e sensíveis com as mulheres. Sonho de tempos em tempos que serei rápido e tudo que consigo é uma ejaculação precoce. A relação que estabeleço com o tempo da produtividade é inadequada. Nos dias de hoje a lentidão provoca risos, pior do que isso, não paga as contas".

Não tem sido fácil conciliar os freelas com gravação, show, cover na noite, tudo ao mesmo tempo agora. E rola aquela impaciência, sinto que o tempo está passando e me pressionando, falamos muito sobre isso. Deve ser o retorno de saturno, como dizem os astrólogos, estou bem nele. hahaha Fico com a sensação de que a hora é agora, ou vai ou racha. Faço o dever de casa com dedicação e não tenho saído do lugar, falta de sorte? Fatores aleatórios? Vai saber! Vou fazer o que falou, insistir e insistir, até porque não há outra opção, mas chega de falar das minhas questões!!

Não esquece de me enviar o poema que mostrou ontem na aula.

Viva quarta, oásis que salva a semana!

Beijos e beijos

Poema que pediu

CARTAS

Ainda preciso escrever a fulano e beltrano

que vou bem de saúde

que ontem me embebedei no bar grego

e depois no bar norueguês, no turco

que me preparei

para a altíssima conta do gás

e outras coisas a outros –

como deambular num mundo cada vez mais inexplicável

que alguém disse:

vocês holandeses são todos iguais

e olha que eu tinha pago

e tinha óculos franceses

e uma colectânea de poesia alemã no bolso

e em casa sobre a mesa

aquele insuperável poema de Anne Sexton

wanting to die

e ouve como troquei os fusíveis

e de repente a luz apareceu

e ela dormia no sofá

debaixo do cobertor azul

a beltrano e sicrano ainda preciso escrever

que isso eu não faço

que me recuso

que vou apresentar queixa

que os dias aqui se derretem em chuva

que o mundo não é maior do que uma cidade

do que eu naquela cidade

do que os meus pés naquelas pedras

e o que eu vejo ao pestanejar

e preciso perguntar como vão passando

se a casa já está pronta

o artigo bem traduzido

se as crianças cresceram

se as mulheres não são de todo infelizes

Re:

Hélas! Não sei bem o que dizer... A cidade muda, mas ai de nós, sempre tão patético... O que me espanta? A miséria desse teatro. Encontrei o mendingo-andarilho em dois pontos da cidade. Parece que cortaram os seus fartos cabelos, dava pra ver o redemoinhos. Pensei em você como um jardim suspenso de uma cidade poluída. Uma vênus dos toiletes de Helsinki. Uma monja cada dia mais silenciosa e lúbrica. Andarilha obcecada por latas de fanta. Haveria um belo inferno pra nós dois. Toda quarta você cortaria o meu cabelo. Conversaríamos aos domingos e mesmo assim bem pouco. Nada de cartas. Seria uma paz estranha. Como nos filmes de Kaurismaki. Ou James Benning.

Paz estranha

Paz estranha. Em silêncio, ficamos abraçados quanto tempo? As coisas comigo acontecem de repente, aos saltos. Faz pouco tempo escrevi no alto da página: história de uma mulher parada. Hoje não faz mais sentido. A minha vida inesperadamente começa a fluir sem que eu me bata, tem algo de perturbador nisso. Vejo comédias românticas com um meio sorriso. Ando desorientada. De repente me descubro sem parâmetros, sem queixas, sem a lamentação companheira. Procuro a irritação caída na calçada, quando lembro.

Não estou pronta pra você, mas não me arrependo.

Poéticos

Estamos poéticos, não é mesmo? Risco grave. Queremos ficar lá no oásis, distraídos. No final das contas o trabalho rende pouco, a música demora a sair, o compromisso é esquecido. Está certo que isso acontece comigo, sou eu, o obsessivo, todo errado. Se bem que "namorar", se envolver (não falemos em se apaixonar), a opinião é unânime, "toma tempo", é "desestruturante" e "exaustivo". Como sou "enrolado", como confessei, administro mal o tempo, começando por odiar a expressão "administrar o tempo". Convenhamos que é imbecil reger a nossa vida, porque é isso o tempo, a própria vida, como um gerente de negócios.

Hoje não tinha uma nuvem.

Dizem que a gente só percebe a felicidade depois que passa. Eu não.

QUINTA-FEIRA

Poesia em movimento

Para L.

Sugestão Draguta – *Swing Time*, Fred Astaire
http://migre.me/9k5Wg

caos

Falei que estava um caos, não? Pois bem, sou um sistema caótico estruturalmente estável, já me sinto melhor! hahaha. Um amigo físico, Diego, explicou o seguinte: Quase todos os sistemas existentes ou imaginados são caóticos. A regularidade constitui a exceção, sistemas extremamente simples podem ser caóticos, como um satélite que orbita sujeito a dois campos gravitacionais de intensidade semelhante ou simplesmente dois pêndulos acoplados. Caótico não é sinônimo de instável, assim como regular não é sinônimo de estabilidade.Um sistema caótico quando submetido a pequenas variações e perturbações não tem simetrias alteradas. Portanto o conjunto de comportamentos futuros possíveis não é afetado. Um sistema regular tem apenas um estado futuro possível. em geral, quando perturbado, algumas de suas simetrias são quebradas. Portanto, ele agirá de forma completamente inesperada. Logo dizemos que os sistemas caóticos são estruturalmente estáveis e os regulares estruturamente instáveis.

quinta semana

trilha sonora
Slowness, Calexico

Raiva

Desculpe se ficou chateado. Estava com tanta raiva na sexta. Nem faz ideia quanto. Por isso sumi, fiquei na minha. Não queria despejar, te impor uma mulher amarga.

Queria ser doce, cantar um refrão alegre no seu ouvido, ver *porn* na tv da sala, transar no chuveiro como você gosta.

O que eu tinha pra dar não era nada parecido. Feio de ver. Raiva que não passa nem mandando tomar no cú, que chega ao trisavô, raiva com árvore genealógica.

Melhorei. Está passando. Em breve estarei ronronando no seu colo.

L.

Raiva

Queria que tivesse conversado comigo. Compartilha, por favor. Estou aqui pra você, não apenas quando está doce e domesticada, quero te ver de todas as maneiras, não esquece.

Sabe o que estava pensando? As viagens que fazemos quando jovens, aquelas longas, em albergues, uma descoberta por hora, são extraordinárias para percebermos que escolhemos, de novo e a cada dia, o que e quem e como vamos ser e viver. De repente temos a sensação de que tudo é possível. Vou largar tudo e morar em Florença, largar tudo e trabalhar em Amsterdam, largar tudo e virar devoto em Assis, largar tudo e viver uma paixão em Londres, largar tudo e amar uma mulher em Berlim. Vou fazer o que for preciso. Ou fujo de novo? Por quanto tempo? A que preço? Vamos nos sentir em viagem, porque mais do que nunca estamos numa viagem vertiginosa, sabe tão bem quanto eu.

Estou doido pra te ver. E vou cobrar, cadê as fotos dos "meus peitos" que prometeu?

P.

Doida

Sim, uma viagem doida. Engraçado falar em viagem, na sexta tive vontade de sumir, de fazer aquela loucura de filme, comprar uma passagem e nunca mais aparecer. Você junto. Ao invés de sumir, escrevi "de saída". Leia aqui e não se preocupe, é apenas uma história, viu? Não faço planos. Não pretendo ir à lugar nenhum, a não ser ao nosso encontro.

Tudo bem, tiro as fotos.

Beijos, incansáveis

De saída

Não vou ser engraçadinha, nem posso. Entendo que não tenho o direito de me presentear com a simpatia dos outros. Ainda assim, repito, nada disso é uma escolha.

Estou prestes a sair daqui, sem passarinhos, sem rojões, sem um sinal que anuncie os próximos passos. Foram anos de acalanto que me trouxeram até o momento. A infiltração apenas foi se alastrando em segredo.

Arrumei a penteadeira como Camila gostaria, coloquei o perfume que havia lhe dado no Natal bem no meio, entre o hidratante e a lavanda. Estendi a toalha e botei as cuecas de Luiz na gaveta, ao lado das meias. Deixei metade dos cabides vazios porque finalmente joguei fora o que não servia, uma exigência que estava sempre a um passo de cumprir. Achei que tudo parecia mais plausível, uma força de adequação era capaz de deixar o seu rastro na camisa pendurada.

Cogitei escrever um bilhete por um segundo, o problema é que seria descoberta rápido demais. Pensei em mandar uma mensagem após uma semana, algo que informasse o suficiente: "Decidi começar vida nova, do zero. Não me procurem. Sei que não podem entender, mas foi melhor para todos".

A outra opção, talvez a mais decente, seria sumir sem bilhete nem nada, a não ser a certeza de que não morri. Como faria isso e, principalmente, de que maneira desaparecer por completo? Que lugar intocado poderia ser esse quando o mundo está contaminado de gente, pior, de turistas procurando os mais recônditos espaços, querendo penetrar tudo, hereges, invasores, sem mãe.

Esses pensamentos apontaram para um início de falta de ar, mas era preciso ter calma. "Aproxime-se do presente como um acontecimento abençoado", li uma vez num dos títulos místicos, esotéricos, ou algo que o valha, que uma amiga me emprestou. Estava certo. Aquele era o meu presente. Não estava disposta a ouvir o canto da tradição. As sereias apenas me fizeram chegar até a porta de saída. Lá estava, com dinheiro no bolso, uma mala de roupas e a certeza de que nunca mais a história seria a mesma.

Passei direto pela portaria, com a cabeça baixa. Ele parou alguns passos a frente, talvez hesitasse, o fato é que mal falou comigo. No meio da rua, não nos beijamos na boca. Era o hábito que se colocava novamente, mais forte do que nós. Não estava nervosa, estranhei. O coração na cadência de sempre e os gestos automáticos, queria que desse certo e cumpria o plano convencida de que estava num filme policial. No início era a vilã, tinha abandonado o marido e a filha, mas nada é como parece no início.

fala

Conto interessante! As vezes uma história não é só uma história, um casal não é um casal etc etc, você entendeu!

Pensei no dia que "reclamou" dos problemas domésticos, da desvalorização das pequenas coisas do dia-a-dia, do seu cansaço do mundo "do mercado" onde quem não recebe pelo que faz não faz, deixa de existir. Problemas de casa te irritaram? Pode contar comigo e falar tudo!

Eu mesmo quero tirar as fotos!

alegria – de L.

Ontem mesmo escrevi:

UMA POETA

Que ele coma da minha comida,

do meu arroz com milho;

que ele se deite na minha cama

que suje meus lençóis limpos,

que desperdice a minha vida.

Enquanto eu lhe produza mais um filho

ou (entre orgasmos) pense num poema.

Foi ontem. Hoje enxergo diferente. Prometo. Sim. Querido, não quero mais meu cansaço, angústia, desesperança. Vou jogar fora como se deve. Oswald sabia bem, a alegria é a prova dos nove! Não tenho mais tempo para pudores, não vou acolher a melancolia como tanto faço e gosto, não vou permitir medo nem apatia. Vou me obrigar a ter outros olhos, enxergar diferente. Não digo para sempre, óbvio, não enlouqueci. Digo essa semana, sem falta, pelo menos essa, um dia de cada vez, tenho que treinar, só hoje, como nos grupos de ajuda, somente hoje. Vamos inventar jogos, brincadeiras, risos. Inclusive eróticos, viu?

alegria - de P.

Oba! Que alegria ouvir isso! Adorei a disposição, o impulso da alegria, se agarra nisso, hoje, amanhã, e depois, depois... especialmente fiquei animado com a parte de inventar jogos, brincadeiras, "inclusive eróticos". Vou pensar e analisar o assunto com muita atenção!

Beijos, beijos, beijos.

Nós do Lucas

Envio um imagem muito bacana de um amigo artista, o Lucas, sei que gosta de ver novidades do mundo das artes e tem a ver com o momento jogo, brincadeira, clica pra ver grande…

Seremos lúdicos e lúbricos. Hoje e sempre. Amém.

Beijos,

P.

 Colaboração – *Nós* (desenho), Lucas Sargentelli

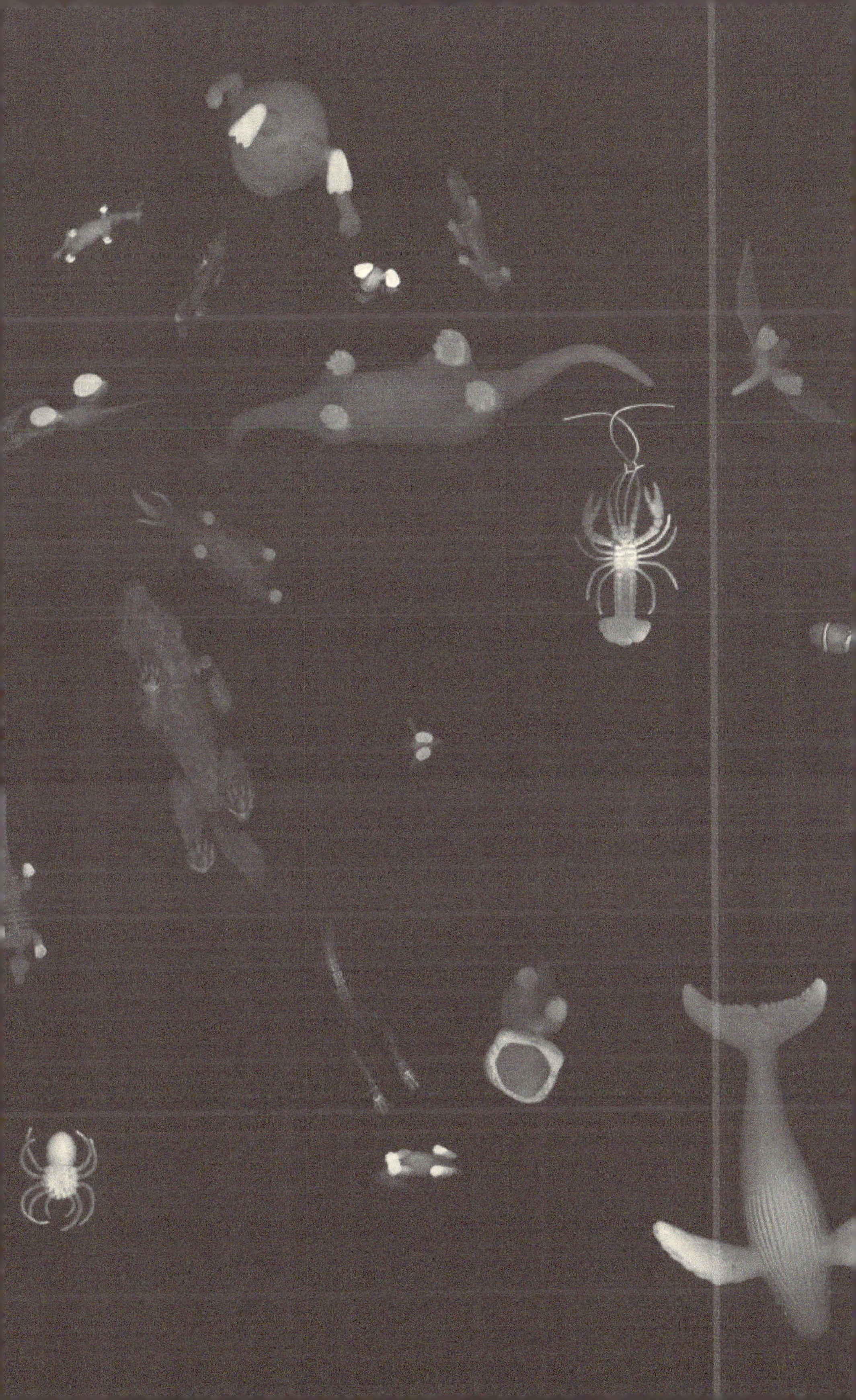

Para P.

Sim, sim. Como dizia querida Hilda: Lave-se. Estou a caminho.

Palerma

A paixão é uma vontade única, palerma, sem qualquer esperança de realidade. Vou, continuo, porque colore a vida e, como dizia Novalis, "quanto mais colorida vida, melhor".

Lindo, conta o que está fazendo?

Palerma

Pensando em você! Não é brincadeira, nem da boca pra fora.

Calor

Também estou pensando, mais do que deveria. Um calor. Uma coisa assim… subindo pelas paredes.

Calor

Continua pensando, vai… e tira a camisa primeiro, devagar, como me prometeu, sente seus peitos, brinca com eles, como se a mão fosse minha. Imagina que estou com você o tempo todo, lembra de nós dois nos pegando, braços e mãos pra todo lado, com força, a última vez que nos encontramos, a intensidade com que se prendia em mim, chupa o seu dedo e vai descendo até tocar nela, a minha ela….

Estou obedecendo, passo a passo, isso vai acabar em dois minutos do jeito que estou... e você, meu gostoso, sente que estou com você também, please, beijando cada pedacinho em torno do meu *large*, como ele está? *Large* acordado?

Large apontando pra lua. Penso em você sempre, não precisa pedir, é tentação, obsessão, adoro como me beija, como se mexe em cima de mim… está realmente excitada?

Acabei.... Orgasmo relâmpago

?

Tão rápido? De verdade?

Sim

Verdade verdadeira. Avisei que seria rápido, estava louca aqui. E você? Não vai parar agora, tem que ser para os dois…

Sim

... foi para os dois. Estou feliz que tenha me procurado, fora de hora. O desejo não se desliga como um botão, você que falou, tem que virar esperma atirado pra cima ou pra baixo. Uma sujeira que ficou aqui, respingou na minha calça, eu achando graça.

Ria, meu gato, ria muito, se tivesse com você limparia tudo e ficaria colada até amanhã.

Liga!

De L

Do Gonçalo Tavares : "Não há melhor lugar para estar do que estar contente. Esta é uma grande verdade. Não há melhor lugar para estar do que estar contente".

SEXTA-FEIRA

De P.

Lembrei de você (como se fosse muito difícil lembrar de você) falando de física, dos sistemas caóticos (só você) e aí vai o espaço sideral, a nossa missão especial, o desejo está além do país, acima e avante! Hahaha

Beijos, beijos, beijos

Sugestão Lucas – *Cassini Mission,* Nasa
http://vimeo.com/cabbas/cassini

sexta semana

trilha sonora

Hot Knives, Bright Eyes

de L

Meu lindo

Queria estar indo pra academia fazer minha nova série, mas ontem, pela primeira vez, tomei um rivotril pra dormir, era um de 2mg, tomei menos que meio e mesmo assim a cabeça pesa tanto, acho que ia cair da esteira! Vou tentar à noite, espero estar melhor. Amanhã estou ocupada de manhã, depois livre. Quer dizer, seria o tempo de estar trabalhando, mas como sou irresponsável jogo tudo pro alto por uns carinhos e beijinhos, imagina o que eu faria por amor, imaginou? Estou disposta a te ver no horário que puder, inclusive posso sair à noite, queria tanto te levar pra dançar! Sonhei que a gente dançava, uma música e dança e luz nossas. Lembra que a primeira vez que a gente se encontrou disse que "não tinha restrição nenhuma" (estava falando de lugar, acho) e que tinha a noite toda livre? Parece que só acontece na primeira vez, ah, se eu soubesse. Não quer me chamar pra sair pela primeira vez? Acho que a gente devia se conhecer melhor.

TERÇA-FEIRA

Ainda eu

Veja como se eu tivesse feito pra você.

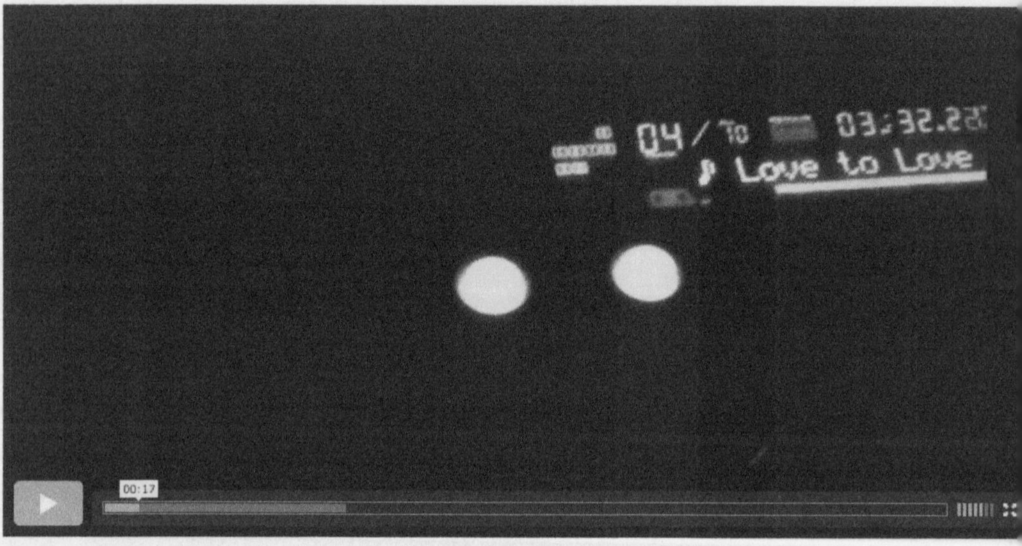

Colaboração – *Discoteca de mão,* Leo Ayres

http://vimeo.com/27157235

De P

Dançar com você, juntinho, huum… maravilhoso. Engraçado, dessa vez você que está querendo se arriscar demais. Sabe que não podemos. Vamos imaginar, sonhar. Claro que nos vemos amanhã no horário de sempre, não é? Beijo

Mais L

Sim, claro.

"*O desejo estraga tudo. Tenho 32 planos. 52 projetos. 30 estruturas perfeitas. O dia é claro e calmo e tem 24 horas. De repente chega o desejo e estraga tudo. O dia fica claro demais. Calmo de menos. E já não há 24 horas. O tempo inteiro concentra-se num ponto. Aqui. (no sexo). Tenho o tempo concentrado no sexo. O desejo é isto. O tempo entra todo pelo sexo e quer deixar de existir. É um suicídio. Tinha tantos planos racionais para hoje. Os números eram quase perfeitos. O desejo estraga tudo, tudo.*" In *O Homem é tonto ou é mulher.*

Feriado de L

Querido, hoje fui à Bienal do livro, era lançamento do meu amigo Hugo, e por mais que eu quisesse escapar do programa no feriado, por pura preguiça (você sabe que é longe, tem que estacionar, andar com milhares de pessoas em volta, muita criança, pegar fila, aquele ritual completo que não inspira confiança), tomei coragem e fui. Sem compromisso, além de cumprimentar o meu conhecido e animado autor, sem filho, sem ansiedade, e com o firme propósito de flanar e não me ocupar nem por um segundo com qualquer coisa que interferisse numa tarde agradável. Estranhamente deu certo. Em parte porque pensei em você o tempo todo, onde iria parar, o que gostaria de comprar, tentando adivinhar seus gostos e desgostos. Encontrei um livro que vai gostar, acho, os *Diários secretos de Agatha Cristie*, sei que é fã dela e imaginei que seria uma leitura gostosa, os diários vêm com notas como "pistas falsas" e tal, outro escolhido a dedo pra você foi o *La Petit Mort* da Taschen, huuum... e comprei pra mim o *Se um de nós dois morrer*, do Paulo Roberto Pires, indicado pela Ana, e o último (acho) do Gonçalo Tavares, tenho falado muito nele ultimamente, *Uma viagem à Índia*. Quer dizer, me diverti e gastei mais dinheiro do que o previsto, normal.

Falo, falo, falo, falo, tento existir pra você, e quem sabe o que você faz? Talvez esteja me matando por aí, calculando tudo que não deve ser.

Feriado de P

Quero muito te escrever longamente, um romance inteiro. Espero que entenda que feriados e fins de semana são limitados. Os nossos e-mails podem esperar, não podem? Não duvide que estou com você.

Adorei meus presentes! Fico feliz de saber que a tarde foi boa.

Apronte-se, arrume-se, penteie os cabelos, deite-se em cima da mesa da sala e me encontre lá. Bons sonhos, linda.

De L

Lindo, estou com medo de entrar naquela fase chata, a que a gente pergunta o que o outro sente. Está apaixonado? Não vou entrar nessa, prometo, me recuso.

Espero alegrias. Seu corpo no meu. A traição ocupando cada pedaço de pele, infiltrando-se sorrateira nos sentidos, despedindo qualquer centelha de lucidez. Caio nos seus braços, mesmo errada, mesmo sem esperança. Finjo que nada vai acontecer. Atos sem consequências. Na vida real não sairemos ilesos, nem impunes, vamos rir hoje e chorar amanhã, não é assim? É, e não ligo. Quero, só quero. Coisas inauditas. A intensidade dos sacrifícios. As tragédias mundanas. Os filmes que mostram o lado vil de cada engano. A paixão que redime e tudo permite. Vamos justificar o nosso egoísmo com putarias lindas. Quem deseja mais do que eu?

Eu

Eu! Querida, está preocupada demais. Nunca te achei chata, acredito que nunca vou achar. Pode perguntar o que quiser, se quiser, imagino que saiba as respostas. Por que iremos chorar amanhã? Isso se chama culpa. Lembra que a gente combinou que teríamos zero de culpa? Por que acredita que em algum momento teremos que sofrer? No, no, no. Vai dar tudo certo porque eu quero e estamos combinados! Cadê aquela mulher que falou em alegria ou alegria? Vamos nos encontrar amanhã sem falta. Rapidinho. Tenho novidades que quero contar pessoalmente. Coisa boa, relaxa! Beijos

Destino de L

Continuei pensando no nosso papo sobre o destino, acho que destino e livre arbítrio não são excludentes, por que perguntam se a gente acredita numa coisa ou outra? Acredito nas duas, há o que acontece com a gente e o que a gente faz com o que acontece com a gente, será que o "que acontece" fizemos acontecer, inconscientes ou não? Somos o profeta da nossa própria história? E o acaso? Temos que admitir que o acaso é determinante na vida, o fator sorte, os acontecimentos aleatórios, sobre isso nada melhor do que ler *O passo de bêbado,* falamos sobre o livro, estou te devendo o empréstimo, justamente sobre fatores que não podemos prever e que interferem e moldam nosso destino, tudo explicado através da matemática, pura e simples teoria da probabilidade. Penso em tudo isso porque ando matutando sobre o passado e encontro um enorme desperdício. Tento não pensar a respeito, afinal que sentido tem ficar me torturando? Indiretamente você acompanhou o processo do início do ano pra cá, viu que eu padecia, os meses antes de você foram uma agonia, e junho então, o que foi junho? Não sei se leu o Hélio Pellegrino que mandei um tempo atrás sobre o refluxo dos quarenta anos, quando "*chegamos a um ponto crucial em que ou nascemos de vez dos porões que constituem nossa infância, ou voltamos a eles puxados pela força de invisíveis bestas de tração*". É mais ou menos isso, tento desfazer as amarras. O que escolhi? O que aconteceu? Enfim...

Destino de P

Engraçado, você volta e meia entra nesse tema do destino. Só falta frequentar cartomantes… hahaha. Sei que foi naquela que "errou tudo, mas foi ótima", que critério é esse? Aí você falou que as previsões são "recursos lúdicos para imaginar possibilidades, descobrir conexões, sonhar eternidades…", depois disso fiquei quieto, como argumentar? Gostei muito da história do antropólogo e da bruxaria, como é mesmo? Conta!!!

Antropólogo

Sim, posso e vou contar a história do antropólogo. Aí vai!

Lá pelo final dos anos 1920, um renomado antropólogo inglês, *Sir E.E. Evans-Pritchard*, fez pesquisa de campo entre os Azande – povo situado entre o Nilo e o Congo, na África Central. O livro que resultou desse trabalho, *Bruxaria, oráculos e magia entre os Azande*, nos conta que o povo vivia sob a égide de um complexo e dinâmico sistema oracular e mágico. Algumas pessoas eram bruxas, outras feiticeiras. A maior parte das situações de infortúnio era atribuída ao efeito de feitiçaria. Evidente que nem tudo era culpa de bruxos. Se alguém tropeça, tudo bem, mas se alguém tropeça num lugar onde está acostumado a andar, faz uma ferida que infecciona e complicações surgem, a situação começa a parecer suspeita. Vem daí o exemplo do celeiro que se tornou um clássico na história da antropologia. O exemplo é assim, o teto de um celeiro caiu na cabeça de alguém (não lembro se na cabeça de uma ou mais pessoas) e os azande disseram que aquilo aconteceu graças à bruxaria. O problema é que Evans-Pritchard "descobre" que os azande conhecem a "causa" do desabamento, quer dizer eles sabiam que o teto estava cheio de cupim (ou um tipo de cupim) que come a madeira e que após alguns anos o teto cai, eles conhecem perfeitamente essa relação de causa e efeito. É possível dizer que as pessoas estavam dentro do celeiro por acaso, melhor ainda, o antropólogo nos explica que é comum ter gente no celeiro, especialmente no verão quando o acidente aconteceu, portanto não seria estranho o teto cair na cabeça de alguém. Mas a questão continua, porque justamente aquelas pessoas estariam sentadas no celeiro no exato momento em que desabou? Que poderia desabar é bastante compreensível, mas porque naquele momento com aquelas pessoas em particular? Diríamos que o celeiro desabou porque foi comido pelos cupins, essa é a causa que explica o desabamento. Também diríamos que tinha gente sentada ali porque o dia estava quente, essa é a causa de pessoas estarem no celeiro. Para a maioria de nós a única relação entre esses dois eventos seria a coincidência no tempo e espaço. Uma infeliz coincidência, uma fatalidade, falta de sorte, quem sabe uma imprudência. Qualquer zande sabe que o teto do celeiro foi destruído pelos cupins e que as pessoas sentam lá para fugir do calor, mas o que interessa é porque esses dois eventos coincidiram. A bruxaria explica justamente o motivo da coincidência de acontecimentos. Ando pensando em como aproveitar a experiência dos Azande. Afinal as fatalidades continuam surpreendendo, sempre paramos para perguntar, a cada novo acidente, por que aconteceu? Por que comigo? Quando o acontecimento é de sorte, o vizinho ganhando na loteria, a pergunta continua, por que essas coisas nunca acontecem comigo?

Loteria

É interessante realmente, faz pensar... huuum, principal-mente na parte de "porque eu não ganho na loteria..."

Um amigo que gosto muito, de infância, quero te apresentar um dia, deduziu que ando numa fase poética, curiosamente e por isso mandou um poema dele, é horrível dizer mas fiquei feliz de estar em outro clima, curtindo "esses momentos lindos"... Falando sério, estou sorridente, as pessoas perguntam, desconfiam. Queria que você estivesse como eu, as vezes sinto que está pra baixo e me preocupo. Para de achar que desperdiçou seu tempo, você fez o que queria fazer, agora quer outras coisas, muito bem, começar outras coisas! Reconheço que não é simples, mas vamos botar o bloco na rua e ver o que acontece. Acredite, vai chover confete em cima de você! Doido de saudade, eu, seu.

Poema do meu amigo Leo

Será um avião ou uma estrela? Começo a gesticular com a lanterna em punho. De alguma forma, alguém deve receber o meu sinal. Lanço uma ideia ao infinito, com a esperança de que ela chegue intacta ao seu destino e que possa ser decifrada.

Aprendi que um espelho durante o dia pode salvar a sua vida. A luz refletida do sol chama a atenção dos aviões de resgate. Mas aqui estou eu, no deserto, com apenas uma lanterna.

Sozinho não. Eu e uma imensidão de estrelas, girando tão lentamente que é difícil ver o tempo passar. Fico imaginando se não haveria um pedido de socorro em cada uma delas e se a lua prateada, na verdade, não seria o reflexo de várias pessoas como eu.

Apenas um ínfimo farol, esperando ser visto.

Também me disseram que quando se está perdido, o melhor que se tem a fazer é ficar parado esperando ajuda. Espero que a bateria dure até eu ser encontrado. Espero que alguém sinta minha falta. Espero.

sétima semana

trilha sonora

Whistle for the choir, The Fratellis

TERÇA-FEIRA

Azulejos de P

Olha o que te prometi. Azulejos do Fernando. Quero te ver rodeada deles, reais e imaginários!

Colaboração – *Desenhos,* Fernando de la Rocque

Mais azulejos

Clique e abra os olhos!

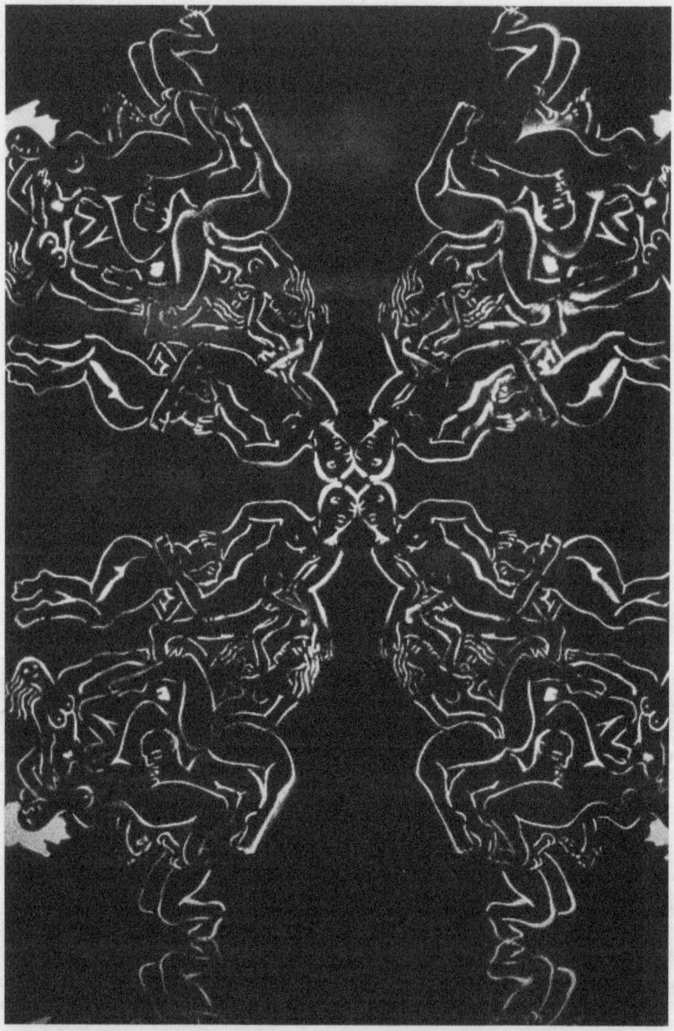

Obrigada de L

Vou ficar mimada, cuidado! Obrigada, obrigada. Hoje sim, tudo que quero, *all I want, love* and *love* e boca fechada imersa em poemas do meu querido Roberto, como este aqui, e azulejos do fernando de la Rocque. Emergir em:

poema um: dorme/por ora dorme o amor exclusivo/ acompanhando bússolas

poema quatro: respire outra vez/ativos mortos concedem/amplamente

poema cinco: as perdas/comer a nacos

poema sete: lista de futuros/por saúde/desfaça.

Esquecer a mudez de um corpo que não se reconhece, de um amor que não chega. Ainda assim, cartas de amor ridículas.

(Do Roberto Corrêa dos Santos)

Desculpe, ando meio amarga, vou adoçar, prometo.

Beijos, beijos

TERÇA-FEIRA

Yes

Ei, vamos voltar a dançar, se inspira no *yes yes.*

Sugestão personagem – *No No, Yes Yes* – Serge Gainsbourg

http://migre.me/9ke3n

Pirulito

Minha L, li e reli seu texto de ontem, li também seu silêncio hoje, e sinto que preciso encontrar formas de adoçar sua vida... vou pensar com cuidado o que fazer, como fazer, dia a dia. Por enquanto, quero ganhar um sorriso e lá vai a foto de um dos nossos poucos amigos em comum e, por isso mesmo, mais querido, ele contou que conheceu a "paleta huesito" no méxico, é pirulito de pessego salgado e apimentado

além de adoçar, pode apimentar a vida! comprou um saco deles pra chupar feliz. Tem mais, falou que faz três dias que está chupando sem parar esse pirulito que tem forma de ossinho mas quando voce chupa um lado fica parecendo um pintinho com as bolas, é engraçado. pode ser o caminho para uma fórmula de alegria. um beijo imenso. espero que a foto possa te fazer sorrir. mais beijo

Colaboração – *Huesitito (foto)*, Fernando de la Rocque

Briguinha

Querido, hoje tivemos nossa primeira briga, acho que deveríamos marcar a data e comemorar todos os anos. Tem quem defenda que casal que não briga está morto, sem fogo, não se importa um com o outro, bem, não sei, não sei. Gosto muito de paz para louvar discussões, claro que fazer as pazes é paraíso puro, ok, verdade, mas tudo tem a dose certa, equilíbrio. Não acredito naquele papo que o excesso leve ao palácio da sabedoria. Na prática cometo excessos sem parar, porém não confio neles. Já na nossa briguinha confio, acalento, acaricio, silly e ardente, como correspondência apaixonada, lembra quem? Você ficou ofendido quando falei que talvez não estivesse "tentando e se esforçando tanto quanto imagina", não desvalorizo o seu esforço, imagina, mas às vezes sentimos que estamos fazendo um sacrifício tão grande e, aos olhos de fora, não parece, não ressoa, e ficamos indignados, então nos perguntamos se estamos fazendo os sacrifícios certos, ou se temos realmente que nos sentir sacrificados, gladiadores sem circo. Com dor chegamos lá? Onde mesmo? No pain no gain? Não creio, mas é outro papo.

Que haja atrito e fogo entre nós! Estado de ebulição, alquimia, um diante do outro a um passo de tornar-se. Sim, bem-vindo.

Briguinha

Nota rápida, estou correndo, vamos fazer aniversário de briga? Eu topo. Se for bom que nem hoje, rezo para que façamos as pazes inúmeras vezes! Amém. Beijos, beijos

oitava semana

trilha sonora

Todo amor que houver nessa vida, Cazuza e Frejat (por Cassia Eller)

Vazio não - de P

Cacete, tem alguma noção do quanto foi frustrante tanto tempo sem falar com você? Sem emailzinho, nem pequeno, bobo, triste, alegre, safado... nadica de nada e qualquer um servia! Vamos combinar, essa falta, o vácuo, pooorra, nunca mais, certo? Você veio com aquele papo de não querer me cansar porque está numa fase difícil e me sobrecarrega com problemas, mas será que não percebe que vc me surpreeende, me seduz, me deixa doido com a sua maneira de falar pausadamente, o jeito de me olhar com rabo de olho quando está querendo alguma coisa.... sua linda. Você não me sai da cabeça e fiz uma foto pensando nas nossas conversas, com todas as "caixinhas de surpresas" da vida, da nossa vida, as suas caixinhas apenas com surpresas boas, ótimas, excepcionais e beijos meus. Love, P.

Re: caixinhas

Sugestão personagem – *Caixinhas (foto)*, Fernando de la Rocque

elogios

"Ora, nenhum homem mais perigoso, do que aquele que dá sempre a impressão clara, quase tangível, de que elas são irresistíveis, e subjugam o coraçãomais rebelde só com mover os ombros lentos ou murmurar 'que linda tarde!' Quem se mostra facilmente seduzido – facilmente se torna sedutor." em *A correspondência de Fradique Mendes*, do querido Eça de Queiroz, com toda razão! Eu sou a prova, fiquei de quatro com seus elogios e caixinhas, agora ferrou, é irreversível. A surpresa da minha vida, querido, é você, e sou absurdamente grata! Amanhã falo, falo, falo, como merecemos! Com amor, L.

mãos

ah, não resisto, tenho que perguntar, as mãos das caixinhas são de quem? Não da que não ouso dizer o nome, né? Please!

mãos de P

Claro que não, sua boba, as mãos são de minha cara irmã que me ajudou na foto! Falei que era para um possível trabalho de arte! hahahaha. Aliás é impróprio, mas quero que se conheçam. Beijos, mais, mais, do seu

Adorei

Querido

Ontem foi tão adorável com as suas caixinhas que nem consegui dizer nada além de "adorei"! Preciso agora falar a verdade, então lá vai, a verdade é que sumi de propósito (o que falei sobre a família, o cansaço etc, foram desculpas) porque comecei a dar defeito! Penso em você 24 horas, é insuportável, oscilo entre culpa, medo de sermos descobertos, sonho de um dia ficarmos juntos, arrependimento se um dia ficarmos juntos, ciúmes absurdo da sua mulher, angústia porque vou sofrer se te perder, e porque vou sofrer também se não te perder e se eu fizer outros sofrerem e tudo, de repente, parece assustador, embora eu não queira dar nenhum passo para trás. Nem me arrependa até aqui. Confesso que estou surtando, mal consigo trabalhar, não imagina o esforço que faço diariamente para me concentrar, saio andando, rodando pelo bairro que nem uma estrangeira, perdida de mim, perguntando na rua, no banco, na padaria, na farmácia… e agora, e agora?

Tudo bem, certo, acho que vou voltar para a terapia, alguém pra indicar? Não fique assustado com a minha declaração, já é difícil bastante me mostrar vulnerável dessa forma. Nem comente. Finja-se de morto. Beijos vertiginosos, eu

QUINTA-FEIRA

Thinking about you!

Espero que a música fale por mim - *Thinking about you* - a mensagem não poderia ser mais clara. Lembre-se que pode se soltar, eu seguro. Entre sofrimento ou sofrimento, foi nesses termos que colocou, fico com a alegria de ter você.

Beijo, P.

Sugestão personagem – *Thinking about you,* Radiohead

http://migre.me/9kgak

Tento

Você sabe que tento me colocar disponível. É a terceira vez que marca e fura, marca e some, ou desmarca por torpedo uma hora atrasado. Até hoje fiquei quieta e banquei a compreensiva. Venho me adaptando aos seus horários, às suas condições, ao mal estar da sua namorada (noiva?). Você, por outro lado, sempre mostra que não dá pra ir além dos limites estabelecidos. O que tem a oferecer, desde o início, é um encontro uma vez por semana ou, com muita sorte, duas. A oferta se resume a isso. Apesar de frases entusiasmadas que dizem o contrário.

É pegar ou largar. Começo a ter dúvidas se quero continuar pegando. O fato é que a nossa relação, tal como está, não é suficiente e está me fazendo mal. Não sei o que mais posso fazer.

Beijos, L.

nona semana

trilha sonora

Revelry, Kings of Leon

TERÇA-FEIRA

Distância

Escrevi sexta, hoje é terça, quero acreditar que não viu o último e-mail. Acontece que geralmente entre sexta à noite e terça dá tempo de olhar e dizer alguma coisa, nem que seja "não posso escrever agora", ou "tem razão, o que pode rolar é o que está rolando, se não está satisfeita, vai nessa", o que for. Estou ficando preocupada. Não deixa de ser um bom exemplo da distância entre nós, tentei falar da minha impaciência e "limites" na quinta, inclusive entender se dá pra continuar e, olha como são as coisas, talvez venha algum retorno na quarta. Mau sinal. Manda notícias.

Beijos,

L.

elaborando

Botei minha filha pra dormir e fiquei pensando na vida. O que estou querendo? Lembrei que, semana passada, pedi pra gente ficar mais tempo juntos. Algum tempo antes, tentei te convencer que era possível uma relação mais inteira. Perguntei algumas vezes quando nos daria uma chance. Fiz o que pude. É mesmo improvável que algo tenha mudado, que acene com uma nova possibilidade. A verdade é que você tem dificuldade de arranjar tempo, e esse tempinho livre (que existe apenas se não interferir em nada) é cancelado sempre que rola uma mudança ou a sua namorada passa mal (e ela fica mais doente do que minha família inteira). Diferente das primeiras semanas. Não consigo me contentar com isso. Pra ser honesta venho "aceitando" mais do que seria o normal. Adoraria descobrir o que a gente sente e poderia sentir um pelo outro, o que a gente poderia viver juntos. Fazer o que? Você avisou que não pode (ou não quer), tem lá suas razões, compreensíveis, e também sensatas demais pra quem se diz passional. Entenda que não estou me lamentando, nem me arrependo de nada, só não quero continuar desse jeito. Também não estou magoada, você foi claro até hoje. Eu que achei que as coisas podiam ficar diferentes. Não ficaram. Ainda por cima vai viajar daqui a pouco, de novo, turnê com a banda e a namorada vai te encontrar, maravilha! É frustrante, mas estou procurando me acostumar com a idéia de não te encontrar de novo. Estou aqui, a contragosto, tentando elaborar uma despedida.

Beijos, L.

desculpa

Estou redigindo uma resposta minuciosa para você. Estou passando por problemas e sem tempo livre. Espero que entenda quando ler. Desculpe-me, de verdade. Beijos

P.

QUARTA-FEIRA

desculpa

Meu querido

Entendo que tenha problemas, acredito que sejam sérios, mas eu não tenho nada a ver com eles, não é mesmo? Claro que desculpo, já desculpei, mas estou fora. A gente tenta se aproximar, se desdobra, tenta de novo, chega uma hora que cansa. Cansei. É uma pena, mas é o que é. Fica bem.

Beijos, L

QUARTA-FEIRA

decisão

Bem, vejo que tomou sua decisão! Ainda quer ouvir o que tenho a dizer?

Beijos, P.

Fala!

Querido

Quando a gente quer e tem algo a dizer, a gente diz. Não precisa da vontade do outro. Se a idéia é se justificar pra ser desculpado, já disse que não precisa, se é pra me convencer de alguma coisa, também não. Será que não vê? Não fui eu que tomei a decisão. A escolha foi, sobretudo, sua. Nunca precisei pedir atenção, muito menos pra ser correspondida, porque não é coisa que se peça, não adianta, ou o outro dá espontaneamente ou não. É bastante simples, você fala coisas bonitinhas, parece interessado uma vez ou outra, mas na prática não demonstra o que diz, palavras apenas palavras. Você me deixou sem alternativa (e olha que fui paciente). As razões, sejam quais forem, não mudam isso. É verdade que acho uma pena e não vai ser fácil ficar longe, mas não estou a fim de continuar recebendo tão pouco. Acredite, foi bom (podia ter sido melhor). Vou sentir sua falta. L.

silêncio

Terminei com você, a contragosto, lamentando ter sido levada a tomar a decisão, confessando que reagi a uma "escolha que foi, sobretudo, sua". Será que não mereço uma proposta de "última vez juntos" (eu teria aceitado) antes da sua viagem, ou a promessa de reencontro e amizade futura? Um desabafo, uma vontade, um mal-estar, um pedido, um "até breve", ou mesmo um definitivo e sonoro "tchau"? Não posso acreditar que a indiferença seja tão absoluta. Será que não te sensibilizo de nenhuma maneira? Você falou que eu podia me soltar, também do prazer de estar comigo, da paixão que sentia, da saudade... e sobrou silêncio? Nós fomos esse vácuo, essa falta?

silêncio

Você receberá tudo isso. Prometo. Sério, meu momento está terrível! Estou com mil problemas no trabalho e a nossa relação estava me tirando do sério, perdendo o controle. O problema maior é que a minha namorada está desconfiada, acho que viu algum e-mail nosso. Outro dia depois que usou meu computador virou outra pessoa, fiquei com medo de ter vacilado. Estou sofrendo, confuso. Não sou nem nunca serei indiferente a você. Não dou "tchau" porque não quero dar "tchau". Não dou "oi" porque não posso dar "oi". Sinto muito pela situação com a qual nos deparamos no momento, mas estou fazendo o que acho certo fazer agora, dar um tempo. Entrarei em contato ao longo da semana. Saudade. P

prometo

Também sinto muito ouvir desculpas e me “deparar com essa situação”.

Prometo que vou parar de escrever. Prometo que não vou me despedir. Prometo que não vou esperar. Prometo que não vou querer. Prometo que vou esquecer. Prometo.

Hoje a Glória está mais vazia.

L.

honesto

Você está sempre escondendo o jogo. Não assume nada, nem o que quer, nem o que sente ou pensa. Tenho um monte de problemas e dúvidas, mas me posiciono, me exponho, digo o que quero. Quando não sei o que quero digo também. Pretende um dia ser honesto, nem que seja pra acabar com esse clima escroto?

proposta

Você diz que vai escrever e não escreve, eu digo que não vou escrever e escrevo. Estamos numa comédia de erros. Quer mais desencontro do que o de quem não encontra resposta, nem consegue se despedir? Ou talvez escreva para me convencer do que eu mesma falo. Repito que o que estava rolando não me interessa e não me atrai. Acho também que a gente não vai além do que foi. Não acredito que possa ficar diferente e você nunca deu sinal de que gostaria que ficasse. Cada vez que a gente se encontrava tinha a impressão que podia ser a última (percebia isso?). O término estava previsto. Ainda assim, até por isso mesmo, quero muito estar com você de novo, mais uma vez. A gente merece uma despedida decente. Claro que a proposta deveria ser sua, mas o fato de ser minha apenas mantém tudo igual, nos dá um final previsível. E você está preocupado demais com questões sérias. Conseguiria reservar algumas horas durante a semana? Seria bom termos tempo. É verdade que se for mesmo viajar (ainda vai?) deve estar com a agenda cheia, sem tempo de encaixar distrações. Isso também seria um final previsível. Por outro lado, se viajar, a despedida fica mais fácil, estaríamos longe de qualquer maneira. Não deveria, certamente, mas faço a única proposta possível. Diga o que acha e se dá. De preferência sem demorar muito. Até breve?

L.

desespero

Dá pra perceber que estou entrando em desespero? Consegue sentir a aflição, o grito que engasga, o que nem tenho ar pra dizer?

Sugestão personagem – Foto frame *Camille Claudel*, Bruno Nuytten (diretor)

sinceridade

Estou me afastando propositalmente como forma de auto-preservação porque, como nós dois já observamos, não há muito o que esperar dessa relação. Eu me envolvi mais do que devia, podia e queria. Fiz, como contei, a escolha racional de viver um relacionamento tranqüilo e estável. Não lido bem com a paixão, ainda mais numa relação tão improvável como a nossa. Foi muito precisa uma vez ao dizer que estamos em momentos distintos de nossas vidas. É exatamente isso! Preciso viver o que você já viveu, preciso traçar meu próprio caminho. Vou pirar se continuarmos juntos. Estou fugindo, é a verdade. Sei que vai me condenar por isso, te conheço. Você não entende?! Preciso sair fora enquanto é tempo, enquanto tenho forças. Por favor, entenda e respeite. Sou louco por você e é por isso que tenho que esquecer.

Beijos, P.

Sinceridade – L

O seu comportamento nunca pareceu com o de alguém que foge quando se apaixona, quando está louco... Em menos de uma semana chegou à conclusão que não pode me encontrar de jeito nenhum? Pensei muito em você esses dias, tudo que escrevi prova isso, verifiquei a caixa de e-mails 50 vezes por dia, sofri com o seu silêncio, a sua ausência e o que parecia ser a sua frieza. Será que a gente não merece ficar juntos pelo menos mais uma vez? A gente vai se afastar assim sem um beijo, um olhar, nada? Não faz isso. Pensa bem, por favor. Se mudar de idéia me liga, estarei esperando.

Beijos

L.

Ainda L

Liguei algumas vezes e não me atende. Não vai mesmo deixar a gente se despedir, não é? A sua paixão deve ser muito diferente da minha, porque decidi que ia te encontrar mesmo sabendo que vou sofrer depois. Você está completamente "curado". Em breve você vai ficar longe por um bom tempo, numa viagem cheia de novidades, lugares lindos, boa comida, música e companhia, quando chegar nem vai lembrar que eu existo. Vou estar aqui, sofrendo o que estou sofrendo, sentindo a falta que estou sentindo e lembrando o que tenho lembrado. Você não devia se preocupar com nada, está muito melhor do que eu. Estou ouvindo um sambinha, sei que não gosta (deve ser por isso que estou ouvindo), a Martnália canta *"jura, oh jura que você não me quer mais, queria e não quer mais? A minha loucura é te querer demais. A cabeça quer seu colo, a boca tem seu paladar, o corpo está vivendo no limite à espera de um convite. Queria mais um momento, um dengo, não sei que lá, cadê você, ouvi dizer que estava indo embora, não vai pra lá, vem pra cá. Quero te ver, mas você não quer mais, não vai rolar. Amar você é um prazer que eu não esqueço nunca, então jura, jura que você não me quer mais."*

As coisas por aqui não vão estar nada divertidas. Boa viagem e divirta-se por mim.

espera

Ou escreve, por favor. Não me deixa sem resposta. Estou odiando a idéia de você ir embora sem a gente se ver. Depois eu vou sumir, não vou? Não deixa terminar dessa maneira tão fria. Quero muito a sua presença, o seu toque, uma última vez. Por mim.

Beijos

desculpe

Desculpe por não ter atendido, estava em reunião e pus o telefone no silencioso. Não retornei porque falar com você está sendo difícil para mim. Sempre fui covarde nesses assuntos. Espero que entenda e me perdoe. Beijos

Tentar

Não quis me ver, aguenta os e-mails! A sua sorte é que vou ter que parar daqui a pouco. Sabe o que me deixa mais triste? É que a gente poderia ter vivido uma relação intensa. E você está enganado, a minha escolha nunca foi desistir da paixão, não saberia abrir mão nem da possibilidade de uma paixão, por mais desfavoráveis que fossem as circunstâncias. Fui buscar uma relação estável, segura, é verdade, mas assim que apareceu alguém que mexeu comigo eu estava pronta pra recomeçar. Faria tudo por você se permitisse que a gente fosse adiante, se me mostrasse algum sentimento, mas você não quer. Parece que é a história da minha vida, a hora nunca é boa, os "momentos de vida são diferentes", as necessidades também. Não estou dizendo que a sua escolha está errada, acho que está certa. O que estou dizendo é que as escolhas certas podem ser muito frustrantes. Mas você é jovem, portanto lembre-se que bom é casar cedo pra separar cedo e tentar melhor na segunda vez.

Beijos

lembrança

O fato é que eu não gostaria de ter que dizer com todas as letras por odiar me sentir vulnerável e estar em uma posição fragilizada. Estou tomando remédios para amenizar o estrago que nossa relação começou a causar em mim. E parece que esqueceu, então vou te ajudar a lembrar: você é casada!

pena

É uma pena que realmente acredite que tem que se salvar. Sobre o meu casamento, sabe tão bem quanto eu que acabou, é uma questão de tempo até eu sair de casa. Conversamos e parece que não acredita em mim. E o seu casamento que nem começou? Claramente está comprometido com o que ela sente por você. Ela te aceita, ela te entende, ela te deseja, ela te ama, ela é o sentimento e a ação da história. E você, quem você ama? Quem você aceita? Quem você deseja? Em algum momento a gente precisa afirmar e assumir o próprio desejo (no sentido mais amplo). Você está escolhendo, entenda isso, uma postura infantilizada, passiva. Sei o que estou falando, também estive no mesmo lugar e, acredite, é insustentável (não vai ser pra sempre, pode esquecer). Mas tem toda razão, não adianta ninguém contar, você terá que viver isso. Não tem que pedir perdão por nada. Gostei de cada minuto. Queria muito mais. Se acha que não pode, não pode. Talvez você um dia tenha que se perdoar por ter se escondido, ter escolhido o morno sem ser morno. Quebrei a cara mais de uma vez e faria tudo de novo. Espero que tenha melhor sorte.

Beijos

SEXTA-FEIRA

medo

Não tem medo de me perder? Eu tenho.

décima semana

trilha sonora

Love of my life, Queen

mentira

Andei me torturando, pensando em nós. Você foi injusto comigo duas vezes, quando não compartilhou o que sentia e, de novo, quando resolveu confessar o seu sentimento na última hora, de mala pronta, em plena fuga. Por quê? Não diga que ficou sem saída porque é mentira. Eu acreditava que você "não estava muito a fim, não via futuro na relação, tinha resolvido se dedicar à namorada" e estava caindo fora. Sobre o "último encontro" poderia ter dado qualquer desculpa. Foi para me consolar, me testar, me torturar? Tomei uma decisão: não quero mais deixar a vida pra depois! Você disse que se apaixonou (é isso mesmo?). Será que não foi só um fogo que queimou e apagou como miragem? Já deixei de existir? Está salvo como queria? Eu continuo perdida e me recuso a ser salva. Estava sim apaixonada, a diferença é que a minha paixão cria raízes e fica, não é um lampejo, um delírio, um estado febril que desaparece quando medicado. Tem mais (e não estou perguntando o que acha, se quer, se é casado e vai ter cinco filhos, se vai protestar, nada disso), não estou disposta a ficar sem você.

Beijos

L.

Poema meu para ti

Quando se habita o silêncio
em temporadas vacilantes
procurando a doçura em cada gesto
na ânsia de descobrir que a alma não se perde
fica combinado
que não é preciso um poema catártico
contaminado de palavras jogadas fora
fantasiando sentidos
sonhando ser mais do que é
fazendo tudo para marcar sua força
construir o seu poder em verso

Fica combinado
que seja qual for a promessa
andará pequena
se escondendo nos buracos
porque a vida pede mais
quer dar rasteira
nas horas de tédio
de cansaço, de dureza, de distância
E conta o tempo
que ridiculamente se apressa
para logo depois teimar na espera
feito um Godot que não chega
porque adivinha a própria história

É preciso que cada palavra
se transforme em vida
tente alcançar a chance de ser inteira

O meu corpo está pronto
para levar as suas marcas
que eu possa parir cosmologias
e botar os filhos para dormir
amando todas as santas melancolias
que vão se abater sobre mim
que vão tramar o descaso dos seus olhos
sem acreditar
nem por um momento
que eles podem se desviar
sem retorno
sem que voltem para casa
pedindo o conforto
dos olhos abertos

Fica combinado
que o medo terminará em sombra
e o passado como presença imóvel
que não chega a comover
os antigos objetos da sala
nem ameaça tomar de assalto
a indiferença de seus habitantes
e ninguém duvidará
do desafio de nossos atos
ficarão talvez embaraçados
apontando o dedo para o lado contrário
cegos diante do que em si é maior

Quem sabe então
o que nos levará a inventar
as nossas visões, vozes, paisagens encarnadas
e, sim, sem dicotomias, quem precisa delas?
Nós não.
Fica combinado.

Pesquisa

Querido, não entenda mal, gosto de você independente de qualquer consideração, o que está mais do que provado. A questão é que, volta e meia, me vejo impelida a pensar em alternativas para o seu comportamento. Por exemplo, as vezes acho que até hoje você não falou nada que seja verdade, absolutamente nada, e que a qualquer momento vou descobrir que é um mentiroso compulsivo, patológico. Outra opção é que eu faça parte de algum teste, jogo, ou exercício pra verificar a capacidade de uma mulher de se enganar, ou de fingir que se engana, com desculpas de qualquer tipo. O plano é que o teste vire material para um *bestseller* americano que nem o fenômeno de vendas *Ele simplesmente não está tão a fim de você*. O autor ensina para as iludidas de plantão: Se ele diz que vai ligar e não liga é porque não está tão a fim, quem está interessado liga nem que seja do orelhão no fim do mundo, mas liga! (é a pura verdade); se ele diz que não vai poder sair porque está ocupado demais com trabalho, presta atenção, ele não está a fim, um homem interessado vai sempre arrumar tempo, ele pode ser o presidente da república que vai te encaixar na agenda, pode contar com isso; se ele liga depois das dez da noite num sábado, você foi a segunda ou terceira opção, o homem que de fato quer sair com você liga de manhã, ou no começo da tarde para fazer o convite; se ele diz que não vai te encontrar porque está indisposto, com dor de cabeça, enjoado etc, ele realmente não está a fim, porque quem está a fim ou vai provar que está muito mal, ou vai te encontrar mesmo com furúnculo na perna ou gripe suína (de novo, cheio de razão). São dicas óbvias, bobas, engraçadas, por que, cá pra nós, é preciso ser muito ingênua pra não saber disso. Eu mesma já escrevi um desse tipo, meio auto-ajuda, sob pseudônimo. Um dia te mostro. É possível também que a minha única utilidade tenha sido fazer rir durante alguns meses. Pensando bem é uma função importante, dizem que o riso e o bom humor curam até câncer. Claro que não posso reclamar de nada porque estava sendo conivente, uma colaboradora fiel, mais do que isso, uma incentivadora de todas as horas. Se rolar algum dinheiro no final, me avisa, estou precisando!

Hélio

Abrir os braços, ao invés de estendê-los, largar, deixar o Outro ser, não agarrá-lo, não fazer dele o meu arrimo, a minha tábua de salvação, o meu apoio. Expor-se à vertigem de deixar o outro ser, perder o chão para poder ganhá-lo noutro nível mais alto, aceitar o sobressalto da presença do Outro na sua livre existência.

A propósito, você não ia se meter numa furada. Não faz idéia da mulher dedicada que perdeu, quase uma gueixa, faço tudo pra deixar o meu homem feliz. Pode chorar lágrimas de arrependimento.

Cecília

Como dizia Cecília Meirelles: *Os teus ouvidos estão enganados e os teus olhos e as tuas mãos. E a tua boca anda mentindo enganada pelos teus sentidos. Faz silêncio no teu corpo e escuta-te. Há uma verdade silenciosa dentro de ti, uma verdade sem palavras, que procuras inutilmente no teu corpo que enlouqueceu.*

Dizem os gurus (mais ou menos assim): A verdade fica no coração. A cabeça costuma ser uma besta de pai e mãe.

Você está me esquecendo e daqui a pouco vou desaparecer completamente, é triste parar de existir, ir morrendo assim. Se ao menos eu tivesse vontade de fazer o mesmo com você. Hoje não.

Sorte

Existem os amores certos (contingentes, adequados, socializáveis) e os necessários. Atravessei a ponte da contingência e vou atrás do necessário. Tudo bem, eu confesso que seu corpo ainda me faz falta (é verdade que me toco pensando em você, já gozou pensando em mim?), mas eu estou pronta pra brincar de outra coisa. Tal como me aconselharam, tenho que brincar com alguém que queira, possa e seja do meu tamanho. Estou indo, deseje sorte. Eu te desejo sorte, felicidade e muito mais.

QUINTA-FEIRA

ignora

ignora, ignora, ignora...

I want hear

Sugestão personagem – Come all ye lost, Damien Rice

de P.

Nossa história foi um sonho bom. Chegou a hora de acordar. É um sofrimento. Desculpe novamente. Não chegamos no amor, vivemos a paixão e valeu a pena cada segundo. Ficaremos bem.

Beijos

P.

Maluco

Vai tomar no cú! Você é muito louco ou muito mau-caráter! Não tem outra explicação. Não pediu para eu me soltar e confiar em você? Estou solta, cheia de confiança, com a cara na merda e fudida! E aí, feliz?

De P.

Mereço a sua raiva. Não vou pedir perdão de novo. Pode não acreditar, mas está sendo muito duro pra mim, desesperador. Continuo apaixonado por você, tenho certeza que sabe disso. O nosso encontro foi a coisa mais importante que aconteceu na minha vida. Mudou tudo, me fez outro. Hoje enxergo diferente.

P.

Fim

Alguém disse que a tragédia moderna do autoconhecimento é que ele pode chegar tarde demais. Too late, dear. Eu não fui a coisa mais importante que aconteceu na sua vida, fui a única coisa que aconteceu na sua vida. Agora chega! Não quero que me escreva de novo, entendeu? Espero que respeite pelo menos esse pedido! Adeus. FIM. THE END. FUI.

Promessa

Prometo que vou respeitar. Tenho uma única e última coisa a dizer.

A nossa história ainda não acabou.

Para vc!

Só se for pra você.

SEXTA-FEIRA

Não mais

Luiz - 7 Bienal do Mercosul – coletivo chileno

Sugestão personagem – Luis, Niles Atallah, Cristóbal León e Joaquin Cociña.
http://migre.me/9kiQR

PÓS-ESCRITO | QUINTA, 3 DE MARÇO DE 2013

correspondência

Tudo bem? Em primeiro lugar, peço desculpas pelo susto, não é todo dia que uma figura do nosso passado aparece do nada. Deve ser bastante estranho receber uma mensagem depois de anos sem nenhum contato. Acho que o que me resta fazer, pra não prolongar o desconforto, é tentar ser direta. Antes, um convite. Adoraria se pudéssemos conversar um pouco, um papo informal, um café, um chopp. Por mim não teria problema, ao contrário, seria um prazer, mas entendo se achar inconveniente por qualquer razão. O motivo de estar escrevendo é o seguinte, tenho uma idéia para um livro novo, é a história de um casal com vasta correspondência eletrônica entre eles etc etc, então fiquei pensando se, por acaso, teria guardado algo da nossa troca de e-mails. Sei que é bastante improvável, mas achei que valia a pena perguntar. Qualquer material pode ser útil como ponto de partida. Óbvio que nunca faria nada que pudesse nos comprometer. É como falei, funcionaria como matéria prima para a criação de uma história inteiramente ficcional. Se tiver algo e puder mandar, ótimo. Fico esperando uma resposta, ok? Não vou contar novidades, nem perguntar as suas, porque quem sabe a gente não faz isso pessoalmente? Espero que sim.

Beijos

L.

COLABORADORES

carlos contente é artista. Desde 2002 tem trabalhado com a repetição sequencial, pela cidade, de seu auto-retrato simplificado.

- primeira semana Colaboração – *Nós* – 11

heleno bernardi é artista visual e trabalha suportes variados. Publicou os livros *Apology of Socrates* (2006, Doors Galerie, Holanda), *Enquanto Falo, As Horas Passam* (2010, H2O, Brasil) e *Truques de autor* (2011, Circuito).

- segunda semana Sugestão – *Big Bang Big Boom*, Blue – 35
- segunda semana Colaboração – *Enquanto falo, As horas passam*, Heleno Bernardi – 40

renato rezende é poeta e tradutor. Autor de *Passeio* (2001), *Ímpar* (2005, prêmio Alphonsus de Guimaraens da Biblioteca Nacional), *Noiva* (2008) e *Amarração* (2012).

- terceira semana Colaboração – *Amor, sexo e casamento* (poema), Renato Rezende – 58
- terceira semana Colaboração – *Tigresa* (poema e desenho), Renato Rezende – 59 e 60
- terceira semana Colaboração – *Sonho* (poema e desenho) – 65 a 67
- quinta semana Sugestão personagem – *Uma poeta*, Renato Rezende – 95

draguta momolescu não é a Moderna Anadiômene dos Banheiros Públicos de Paris, Yamamoto Kakapotée, Marina Vlady ou Dona Fábia Carrilhos.

- quarta semana Sugestão – *Cartas,* Renco Campert – 79 a 81
- quarta semana Colaboração – *Paz estranha,* Draguta Momolescu – 82
- quarta semana Sugestão – *Swing Time,* Fred Astaire – 85

lucas sargentelli é um perfil do facebook.

- quinta semana Colaboração – *Nós* (desenho), Lucas Sargenteli – 99
- quinta semana Sugestão – *Cassini Mission,* Nasa - 113

leo ayres é artista, carioca, virginiano e prefere perder o amigo a perder a piada.

- sexta semana Colaboração – *Poema,* Leo Ayres – 129
- sexta semana Colaboração – *Discoteca de mão,* Leo Ayres – 118

fernando de la rocque é artista plástico, bacharel em Escultura pela Escola de Belas Artes da UFRJ. Vive no Rio de Janeiro.

- sétima semana Colaboração – *Desenhos,* Fernando de la Rocque – 133 e 134
- sétima semana Colaboração – *Huesitito* (foto), Fernando de la Rocque – 138
- oitava semana Sugestão personagem – *Caixinhas,* Fernando de la Rocque – 144

AGRADECIMENTOS

Renato Rezende, Laura Erber, Leo Ayres, Carlos Contente, Heleno Bernardi, Lucas Sargentelli, Fernando de la Rocque, Rafael Bucker, Junia Azevedo, Guilherme Oliveira, Cristiane Costa, Mariana Claudino e Funarte.

fontes
Utopia, Black Jack e Scala Sans